주머니 속에 당신

황금알 시인선 276

주머니 속에 당신

초판발행일 | 2023년 10월 31일

지은이 | 곽애리
펴낸곳 | 도서출판 황금알
펴낸이 | 金永馥
주간 | 김영탁
편집실장 | 조경숙
표지디자인 | 칼라박스
주소 | 03088 서울시 종로구 이화장2길 29-3, 104호(동숭동)
전화 | 02)2275-9171
팩스 | 02)2275-9172
이메일 | tibet21@hanmail.net
홈페이지 | http://goldegg21.com
출판등록 | 2003년 03월 26일(제300-2003-230호)

값은 뒤표지에 있습니다.
ISBN 979-11-6815-062-1-03810

주머니 속에 당신

곽애리 시집

황금알

| 시인의 말 |

첫

마음 속살을 꺼내 보이려는데

망설임조차 서투르다

큰 뿌리, 버팀목으로, 가지로, 꽃으로

가랑가랑 나를 흔들었던

손길들이 없었다면 불가능했다

여기까지, 나의 깊은 동굴, 내면을 건드렸던

모두에게 감사하다 그리고 빗소리, 나무,

사막의 낙타, 모래시계……빼놓을 수 없지

기꺼이 풍경이 되어준 사물들까지……

어느 지점, 서성이며 나를 머물게 했던

빛의 울음, 그 모두에게

이 책을 바친다.

2023 초가을 우드스톡에서

차 례

1부

2부

3부

4부

5부

1부

첫눈

밤새 고요가 내려앉은
뒷마당 호랑가시나무
겨울 구름 덮고 잠들었네
흰 꿈 송이 사이로 고개 내민,
아직 다 익지 않은
빨강 열매

첫 몸앓이

꼬리 긴 내 어린 날의 면사포
이불 위, 젖은 발자국
붉은 새 다녀갔나

겨울 초승달처럼 수줍게 미소지던 입
내 소녀적 얼굴 보이네

세월 가도

첫눈은 사뭇, 떨려

처녀의 시원始原으로 열리는 세상

멀리 손짓하는
흰옷의 수피 댄서
눈 위에 그려놓은
붉은 심장
꽃
첫, 발자국

진동

우주는 120일,

나의 검지손가락만 한 아기 발이
작은 새의 발이 되어 허공을 힘껏 차내더니
왼쪽 어깨를 오른쪽으로 "홱"
바닥에 깔린 두 손을 빼내려 어깨 날개를 푸드득
안간힘으로
한쪽 무거운 공기를 밀어내더니
얼굴을 방바닥에 사뿐히,

'뒤집었다'

환호성을 지르는 딸과 사위
오가지도 못한다는 갇힌 세월이라
사진과 영상으로 보내온 화면을 바라보다
순간, 정신이 번쩍 드네,

넓게 어둠이 깔린 하늘 아래에서도
지구의 어느 구석 불 켜진 작은 방에서도

넉달 된 아기는
노오란 맹금이 되어 온몸으로
부딪치며 밀고 열고 두드리며
세상을 배우는데,

나는 오늘 무엇을 했나

절창絶唱

화장도 특별한 의상도
예쁠 것도 멋질 것도
아무렇지도 않은
무대 위의 두 여인

열악한 스테레오에서
노래가 흘러나오자
그녀들의 벌린 팔이
나팔꽃 줄기 되어
허공에 꼬였다 풀어지고
입가에 꽃이 폈다 사그라진다
휘청이다 힘줄 세운
그녀들의 다리 사이로
관객들은 재를 넘고
강을 건너 어느 뫼를
넘어갔다 오는 건지

꾸미지 않은 옷매무새
분칠하지 않은 얼굴은,

바람난 이웃집 아줌마
처녀에게 남편 빼앗긴 내 엄마
폐결핵으로 시집 못 간 사촌 언니
유부남 사랑하다 자살한 동창생

무대 위에 춤추는 내 아는 이

한바탕 혼백을 뒤집는
사람아

춤에도 절창이 있다던데
울음조차 멍이 된
정지된 숨소리
몸의 시가詩歌여

탱고

붉은 동백꽃 장신구가 빛나는 여인들 웃음 사이
해골 그림 재킷 걸친
시니컬한 미소,
구석의 여인

당신도 한마디,

저요,
한때, 기억의 불구자이었죠
뱀의 아가리를 땅에 묻은 삶의 재단사
매 순간 죽었다 매 순간 살아나려고 발버둥 치는
별난 여자입니다

내일의 지도는 새장 속에 접어 넣고
어제의 폐경閉經은 쓰레기통에 버려라

카르페 디엠carpe diem

푸르게 떨리는 찰나의 침묵

와우! 터지는 함성,
부딪치는 와인잔

깊게 목이 파인 드레스와
동백꽃 여인이 자리에서 일어나고
반짝이는 구두와 구두코 사이

춤을 추는 발의 탄성

펼쳐지는
붉은 치마

춤추는 지브라

아침 태양 빛에 번뜩이는 흰 줄의 표피 눈부시다
칠흑 어둠을 삼킨 검은 줄 섬뜩하다
한 몸에 두 개의 춤, 나는
흑과 백,

모순의 지브라

서슬 푸른 광야에 동서남북 모색으로 바쁜 몸짓
하얀 꿈 펼쳐내어 포효하는 앞발 위로
컴컴한 밧줄에 엉킨 뒷발 절망이 구겨진다
겁먹은 까만 동공 위로 치켜뜬 흰자위 눈동자

멀리서 보이는 돌고 도는 수레바퀴 풍향계

바람의 빛깔을 조심,
발로 두드리며
흰 무늬 검정 무늬 엉킨 스텝 풀어헤쳐
파 드 되로 일어서는 나는

춤추는 지브라

해해해돋이

새해 새벽 해안에 서서
썰물로 밀려가는
한해의 손님들에게 손을 흔드니
밀물로 다가오는 새해의 손님들

파란만장
사람도 사랑도 사연도
밀려왔다 밀려가는
밀물 썰물일 뿐
언제나 큰 집을 지키는 주인은 바다

빈손으로 오는 손님은 있어도
빈손으로 떠나는 손님은 없어
떨어뜨리고 간 냄새에 넘어져
잠깐 손님에게 자리를 내어 줄 수는 있겠지만,
손님은 언제나 오가는 것
바다가 어찌 파도를 시비할까

곧게 등을 펴고 하늘 보고 눕는 바다

새해에 오실 당신은 누구신지
내 집 내 줄 터이니
손님으로 맘껏 놀다 가시게

나는 다만 안아줄 뿐
나는 다만 바라만 볼 뿐

밀물 썰물 치마폭에 담아 안고
넘실넘실 춤추는
붉게 물든

바다의 이마

새벽

나의
오른쪽 손마디와 왼쪽의 손마디 굵기가 다르고
왼쪽 뺨과 오른쪽 뺨의 면적이 틀리다

바닥을 향한 골반도 이쪽저쪽 눈높이가 틀리고
좌측의 가슴과 우측의 가슴을 반으로 접으니
한쪽이 헐거워 바람이 샌다

몸조차 하나이길 거부하는 기이한 모순
앞으로 내젓는 손과 뒷걸음치는 다리를 붙잡고
생각을 포갤 수 없는 밤의 폐허 위에 기진하다

한 몸에, 둘
오전과 오후 경계의 시간 위에 앉자
어제의 기억과 내일의 안개에 감은 눈
앞으로 공을 굴리며 뒤에 시선을 둔
불일치와 일치의 모순 사이,
피 흘려 싸워온 곡예의
날들

왼손으로 오른쪽 뺨의 눈물을 닦아내는
손등을 곧게 펴

지금, 여기
하나의 심장으로 모아보는 두 손

훤하게 불 밝히던 나의 푸른 시원始原으로 다시,
걸어 들어가는 걸음을
뚫어지게 바라보는
환한 눈

아침 장례

피를 토하다 하혈하는 산
단풍 나무 아래
명상의 관棺에 들어가 눕는다
벗어버린 알몸의 부끄러운 몸뚱이
두고 가는 것 이리 서러워
건너가는 강에는 눈물이 넘친다

하루 한 번
관棺 속에 누워있다 걸어 나오는
살아서 죽는 장례식
가죽에 피와 물을 말려
무겁게 누웠더니
새털로 가볍게 일어서는구나

오늘, 어제의 추억도
내일의 준비도 아닌
오직, 마지막 날,

지금, 여기에 마음을 모으니

물 따르는 소리
졸고 있는 고양이
발톱 깎는 구부린 등
지천으로 깔린 모든 것이
선물로 열리는 순간들

섭섭할 일도 없고
오이지에 찬밥 한 덩어리
동네 아이 몰고 가는
굴렁쇠 소리에도
찰나의 웃음꽃을 피우니

어떤 예행연습은
삶을 세우는,

아침마다 관 속으로 들어가는
별난 여자의 장례식

견고한 바다

밀고 당기는 서슬 푸른 톱니의 흰 거품을
한순간의 치기라 치부하며
제 몸 찢어짐을 남의 싸움 보듯 바라보는
흔들림 없는 견고한 그 오기를 닮고 싶다

일생을 한탄하다 벌렁 누워버린 소주병,
어제를 슬퍼하다 내일을 약속하는
눈물도 동결할 그 달관을 닮고 싶다

겨울 바다에 홀로 서서
세월의 심연에 우려낸 소금물을 마신다

타고 안고 품고 가는 것
감금한 어제의 욕망을 불러와
망망대해의 뱃머리에 낡은 깃발 회수하고
펄럭이는 붉은 돛대 올리고 뱃노래를 부르리라

생은 바다 위 여객선의 향연
희비의 높낮이

파고는 지나가는 꿈일 뿐
춤추는 파도를 관조하는
침묵의 초록 눈이 되고 싶다

pathways

머리카락 흩날리는 능수버들 아래
돌절구 위로 떨어지는 물소리로 걸어 들어가
불로 몸을 태워도 마지막까지 타지 않는
골반뼈에 숨을 모으면
사막을 통과하는 여인이 지나가네

젖을 빨던 아기가 젖을 물리는 엄마가 된 비린 냄새가
태양의 그림자에 지나가고
한 몸이지 못한 질긴 인연도 흘러가네

홀로이지 않은 사람은 없어
걸음걸음 흔들리는 막막漠漠의 제 그림자

절창의 정수, 만가輓歌로 태어난 바람의 노래가
뱀 꼬리 긴 발자국 쓸어가는 오후
회호리 먼지 사이사이 불어넣은

숨, 과 숨,

걸어갈 뿐,

흰 면사포를 쓰고 소복을 입은 여인의 머리 위
어디서 날아왔나 진언을 견장에 달은 새 울음소리

가세 가세 건너가세, 저 피안의 세계로

개벽開闢

장독 뒤에 똬리 틀은 검은 뱀을 보았지 정수리에 솟은 실핏줄 도망쳐 숨죽여 자세히 바라보니 검정 실을 꼬아 만든 실타래, 뱀으로 둔갑한 실타래를 붙잡고 울고 말았어 왜곡된 실체에 가려진 눈 검은 손님에 도둑맞은 병약한 심성 공중에 매달린 심장을 불러와 실타래를 목에 걸어주었다 명주 목걸이 매만지는 손 위로 꿈틀거리며 뽕잎 먹는 누에고치 고추장 된장 간장 장독대 위 너울대는 하늘 나비 춤 애벌레 한 마리가 실타래로 뱀으로 번개처럼 등짝을 후려치는 죽비소리 종범스님 법문에 옥죄던 미망迷妄의 올가미를 벗어던지며 무릎 치는 손 위로 터지는 함박웃음

2부

회색 바위

나는 바위의 뼛속을 다 알 수 없었다
나는 바위의 눈물을 본 적이 없기 때문
우리는 아는 사이였지만
사랑한 사이는 아니었던가

나는 오늘 바위의 어깨가 비에 젖어 흐느끼는 것을 몰래 보았다

그의 심장보다 더 큰 구멍이 뚫리는 내 심장을 바라보았고
아무 소리가 들리지 않았고
우리의 지붕 위에
회색 비가 내려앉음을 보고 있었다

언젠가 모든 색을 다 섞으면
회색이라고 그가 말해주던
천년에 한 방울씩 떨어지던 칠천 겁의 물방울이
우리의 시간이 우리의 서사가 우리의 역사가
회색 눈물이 되어 조용히 우리를 감싸 안고

뼈마저도 녹여낸 강을 건너며,

슬픔도 빛에 눕는 아침을 바라본다

나는 이제야,
다 알 수도 있을 것 같은
바위의 가슴에 비스듬히 누워

그 물소리를 귀에 덮고 잠들 수 있구나

기도

젊은 엄마 사진 속 웃고 있네

'우리 아기 6개월, 생후 첫눈'
엄마 손에 겨드랑이를 맡긴 체
눈 위에 서 있는
노랑 모자 쓴 작은 아기

첫눈

세상에나

티 없는 눈雪을 보는 저 눈眼을 봐
티끌 없는 땅을 디딘 저 첫발을 봐

못 볼 것을 죄다 보아 짓무른 내 두 눈
헤맨 곳이 많아 냄새 배인 내 발자국

부끄러워라

아기가

빛으로
기도로
죄 많은 수인囚人, 나
눈사람을 굴리네

희디흰

세상이 열리네

엄마를 닮지 마라

검은 목탄을 들고 자화상을 그리는데
하얀 캔버스에 나타난 엄마 얼굴
광목천에 흔들리는 실루엣
어깨춤을 추는 가여운 여인

내 얼굴 위에 당신이 겹쳐지며
어지럽혀진 화선지
검은 물감을 칠해주세요
눈물을 가리게

자신이 아니니 타인인데
남이라고 부르기엔
죄스러움 사이 서 있는 타자
탯줄에 얽혀있는 아련한 이인자

엄마처럼 살지 마라
엄마를 닮지 마라

그토록 닮고 싶은 오뚝이 당신

죽도록 닮고 싶지 않은 허수아비 당신

포기한 화선지 위
달랑 그려놓은 한 글자

엄마

우기의 불효

친구는 엄마가 돌아가시고
부랴부랴 서울로 떠났다
나도 더 이상 미룰 수가 없었다

그립던 마을
멀구슬나무가 다섯 해를 꽃 피우고서야
도착한 엄마 집

이렇게 와서 좋은데 또 가야 한다 생각하니
만나자마자 떠날 서러움에 눈물이라니
보라색 꽃도 어깨를 흔들며 비에 젖는다

그날 저녁에 알아버렸다
먼 곳으로 간 시집은
가늘고 긴 우기의 비일 뿐,
비에 젖은 엄마 집의 보라색 꽃일 뿐

잠옷

온 세상이 어지럼증이라
집안에만 계신다고 하시어
산천에 흐드러진 풀꽃 무늬
잠옷 한 벌 보내드렸더니
세상에서 가장 편한 시간이
잠옷 갈아입는 시간이라 하시네

뭉클, 그렇지

방바닥에 떨어지는 몸 비듬
한낮의 피곤한 옷가지들
발자국을 쓸며
번잡을 벗어놓은 구석의 고요
저녁 기도하는 신발처럼
오롯이 나로 걸어 들어가는 그 걸음
치장할 것도 꾸밀 것도 없는
알몸에 걸치는
살아서 매일 갈아입는

명랑한 수의壽衣

완벽한 날

엄마는 아버지 묘소에 가 본 적이 없다

젊었던 두 분은 붉은 도장을 찍고
서로의 길이 옳다고 헤어졌기에
엉거주춤 세월은 다 스쳐 지나가고

장마가 시들해진 여름 끝자락
한참 먼 이천의 국립묘지
아버지 묘소에 간다는 나를
엄마는 웬일인지 주섬주섬 따라나섰다

높고 낮은 초록 산세만 바라보던 엄마는
네 아버지는 죽어서도 복도 많구나, 중얼거리셨다
입 다문 사진 앞에 주저앉은 엄마
옷자락에 내려앉은 호랑나비

꿈속에서도 고통받던 두 사람의 긴 미움이 풀어지던 그 대낮,
한 가슴 메워오는

내 오래된 서글픔이 목에 걸려

잔기침만 한가득 묘소에 뿌려놓았다

부담

엄마는 진심이라며 주먹을 꼭 쥐고 말씀하셨다

이제는 그만 죽고 싶다고
더 이상 자식에게 부담 안 주고

눈앞에 부유하는 거미줄
부담이, 이리도 부담스럽다니
말씀에도 급체를 하는구나

엄마의 부담을 가슴에 안고 젖었다 말랐다 피내울 제방
방둑을 걸어가는 긴 오후

세상에 그렇게나 무거운 돌멩이가 있다니
목숨까지 버려야 할 만큼이나
세상에 그토록이나 뾰족한 유리가 있다니
숨통마저 끊고 싶은 모진 자책

세상에 이렇게나 깊은 바다가 있다니

자식을 위해
자신을 수장水葬하고
싶다는

화해

멀리 섬강蟾江을 안고 달리는 기차에 앉자
물끄러미, 묻어놓은 시간을 바라보고 있는데
다음 정거장, 횡성 역에 도착한다는 기내방송
흔들리며 깨어 일어서는데

밥해 놓았어
울리는 카톡 소리
곧이어 또
반찬은 없지만,
90을 바라보는 엄마의
애교 가득한 목소리

자라며 몇 번 받지 못한
엄마의 밥상이었지만
세상의 엄마가 다 밥을 잘하는 것은 아니다

호박전, 두부찌게
뜨겁고, 맵고, 짠 세월이
아랫목에서 나를 바라보는

엄마의 순해진 눈에 녹아들어
숟가락은 올라가는데
오래 기다린 내 눈물은
자꾸만 아래로 흘러내렸다

엄마도 내 안으로 흘러내렸다

길

사슴 눈이 되어
겨울나무 바라보는 어깨 위에
담요 한 장 덮어드리고

비엔나커피도 한잔
음악을 틀어주겠다는 나에게
예전의 명곡 마이웨이를 틀어달라는
엄마의 젖은 목소리

초겨울 바람 싸늘한데
혼자서 점점 점이 되어
회한의 길로 걸어 들어가는 엄마

방해할세라 발뒤꿈치 들고 빠져나와
무덤같이 동그란 등을 말고
멀리 바라보는 엄마를
뒤에서 오래 바라보는 나

타박타박 걸어온 뒤안길이

황금빛으로 붉게 타다 검푸른
검푸른 띠를 만들다 보랏빛으로
물드는 저녁 석양에
아득히 펼쳐놓은
구불구불 길고도 긴
여자의 길

엄마의 길

이불

초록 풀 먹인 아침
가볍게 문을 열고 나간 어깨

어디서 돌멩이가 날아올지
일 초 후의 일도 알 수 없어
길바닥에 떨어져 나간 앞 범퍼
바람 빠진 타이어
잿빛 얼굴 돌아와
무겁게 현관문 밀고 들어오니
젖은 신발 바라보던 당신 눈빛

묻지도 탓하지도 않고

둥글게 등 말고 소파에 누운
온몸 위에
아침 문틈에 받아놓은 햇살
확 펼쳐내어
출렁이는 숨소리를
온몸으로 덮어주는 당신

이불로 넓게 내려앉은

오직 한 사람

온전한 내 편

3부

가르마 그 희고 곧은 길

몽유병 환자가 되어 물 위를 걷는 것 같다는 사람들
검은 물이 흐르고 차갑고 축축하다며
유별이 우물과 터널과 동굴의 비린 냄새와 장소를 기억하며
시간도 사람도 모두 괴로움이라고 중얼거리는 무리 속에 낯익은 얼굴
누더기 망토를 어깨에 걸치고 스스로 묶은 포승줄을 온몸에 두르고
해진 신발을 신고 걷고 있는 사람들 가운데 나를 살리는 일이
무엇보다 시급하다는 목소리를 듣던 날
급했다 밤마다 보라색 실로 종이 위에 별을 수놓던 그 좋아하던 놀이도 윗목에 미루어 놓고
수천 년 현자들의 말씀을 약으로 복용하며 지탱하던 방안에 드디어 빛이 내리쬐던 날
방문을 열고 나와 퀴퀴한 냄새나는 빨래를 바람에 걸어 말리듯 불구가 된 한 때의 기억과
사람과 시간과 장소를 널어 말리니 눈 부신 빛
흰색을 만나려던 검은색의 몹쓸 반란, 그 반전의 기적

예쁜 프레임을 걸듯 하늘을 올려보는
빗어 내린 검은 머리 위 흰 가르마
쪽 뻗은 소원하던 곧은길

비의 지도, 애리조나Arizona

사막 한가운데 둥그런 텐트촌 프리마켓
좌대 위에 액세서리를 펼쳐놓고 서 있는 내게
팔찌를 사겠다고 돈을 내민 손님의 손등 위
컬러 타투
청윗도리에 긴 머리 붉은 머리띠 두른 소녀

교통사고로 이미 이 세상에 없는 딸이라는데
붉은 바위산을 흔드는 통곡 소리
천형天刑을 앓고 있는 엄마를 보았어

누구냐고 묻지 말아야 할 것을
물은 나는 물음이 아파
사막의 선인장으로 나의 혀를 마구 찌르는데
목이 탔어

눈물과 한숨이 굳어진
한 엄마의 사암砂岩 심장을 바라보다
고개를 떨구었어

그 이후 애리조나
후회의 땅을 밟은 적 없어

비가 오지 않는 사막에
매일 비가 내리는
비의 지도

애도의 도시

후러싱* 외딴 골목

굴다리를 지나서
전설이 잠든 곳, 그즈음인가
후러싱 외딴 골목
흙먼지 휘날리는 외지의 땅
누군가 세월을 헤집고 다닌 흔적이
폐차처럼 쌓여 있는 곳

철문 굳게 내리고
벽돌담에 그려놓은 흑백의 언어들
검붉은 페인트칠 속에 갇혀 사는 낯선 낱말들이
깊은 울음을 토해내다가

그만 멈춘다
메마른 도시, 소외의 구석 자리
강한 악센트, 남미의 언어들끼리
돌풍처럼 세차게 남루를 흔든다

어디선가,
뿌연 매연 날리며 달려온 행상 여인

새벽의 꿈을 오버코트에 껴안고서
1불에 건네준 커피 한 잔과 과자 한 쪽에
서늘한 삶을 목으로 넘긴다
슬픔의 뿌리를 짙게 빨면서
아득한 시야에 뉴욕을 건너가는 7번 기차,

그대가 열망하는 도시는 아득히 멀기만 하여
불편한 모래바람에 현실을 움켜쥐고
모르는 척 오늘을 넘기면서,
달력 한 장을 찢는다

* 후러싱Flushing: 뉴욕 퀸즈 한인 밀집 거주지역.

네 개의 창

녹음기에서 들려오는 낯선 음성
내가 아닌 듯한
나의 목소리
사람의 마음에는 네 개의 창이 있다고 누가 그랬더라
나도 모르는 나

꿈속에 무심한 낮달은 졸고 있고
나는 홀린 듯 목소리를 따라 걸어 들어가
타인은 모르지만 나만 아는
깊은 항아리에 묻어놓은 사연을 꺼내 읽으며 비밀의 창에 기대어 오래 서 있네
두런두런 들려오는 말소리에
그 방을 빠져나와 열린 창을 흘낏 바라보니
당신도 알고 나도 아는 내가 앉아 광대처럼 웃고 있네
타인을 보듯 영화를 보듯 무심히 그녀인 나를 바라보다
그 방을 빠져나와 나는 또 걷는데
컴컴한 커튼이 드리워진 구석방에 나는 장님의 창이 되어 앉아 있고

내가 모르는 나를 그들은 안다고 손가락질하며 아우성이네 도망치듯,
그 방을 빠져나와 하염없이 걷고 또 걷다가
당신도 모르고 나도 모를 미지의 창에 눈이 부셔
실눈을 뜨고 빛을 가늠하다 어깨를 으쓱거리다 고개를 젓기도 하다가,
동그란 뒤 발꿈치를 들어보는데 겁먹은 다섯 발가락이 하얗게 질린 얼굴
다시 발꿈치를 살며시 바닥에 내려놓아 보는데
졸음에서 깨어난 낮달이 웃고
꺼지지 않은 녹음기에서 걸어 나오는 사람
나의 목소리를 훔쳐 듣는 비린 여름 오후

징검다리

정수리에 태양은 뜨거운데

들판을 지나 바위 언덕을 넘어
걷고 또 걷는데
물살 센 도랑 위에 징검다리 놓여 있네

왼발은 돌 위에
오른발은 공중에 흔들,
착지하지 못한
몸의 위태

돌과 돌 사이
능청스럽게 물은 흐르는데
한 발, 한 발, 내딛는
빛의 찰나를 지켜보는
늙은 소나무의 침묵

건너가는 자

뒤로 돌아가기도 어렵고
앞으로 가기도 무섭고
멈춰 설 수도 없는

양손을 휘젓는 날개 손짓

행여 흔들림일지라도

멀리 바라보는
당신은,

춤추는 한 마리 학

스위치를 내려버린 땅

탕진한 도박 빚 독촉에 생의 스위치를 내려버린
잘나가던 국밥집 남자
쇠고랑 찬 셔터문 앞 고양이 지나간 그림자
골목길 하늘 높이 매달린 과부촌 술집 간판
그 안을 기웃거리는 취한 등짝
몇 번이나 넘어졌을 젖은 무릎
틴팅으로 도배한 마사지샵,
그 위층
예수의 이름으로 구원을 부르짖는 기도 소리 우렁차다

후러싱 골목길 오후는 태양열에 익어가고
서두른 귀갓길 올려다본 학원 앞
두 손이 뒤엉킨 남녀학생
쌓아 올려대는 청춘의 연기

한여름 노아의 방주에 쏟아지는 소낙비
빌딩의 전기는 나가고
수도관이 역류하여 토해낸 오물
놀랄 일도 아니라는

덤덤한 산전수전 미장원

시멘트벽 위에 핀 곰팡이 꽃
스위치를 내려버린 유령

뒤돌아보는 간헐의 불안
그 빌딩 안에 임신한 제 친구가 있거든요
내일이 필요해요
제발, 스위치를 올려주세요

제, 친구가

남우주연상

돌아온다는 기약만 있다면
언제든지 나가시오
출장 간다는 말에 신나 춤추던 자유부인도
이젠 다 지난 옛말
대문 열고 동네 슈퍼를 나가도
올 때까지 불안하게 기다려지는

길어진 나이만큼
살아온 주름만큼
쌓아 올린 사연만큼
대역이 불가능한

내 생의 남자 주인공

텔레비전에서는 대종상 수여식이 화려한데
배꼽 잡고 웃으며
손에 든 등 긁개
남편 향한 트로피를 패러디하면

당신은 내 영화 속의 남우주연상

부둥켜안은 가슴에
높게 올린 대나무 트로피
세월의 오마주

마른장마

오지 않을 것 같아

갈라진 땅 위에
비가 내릴까
이미 지나가 버린 건 아닐까
기다릴 수 있을까

버틸 수 있을까

비행기가 하얀 꼬리구름을 길게 남기며 지나가는 오후

한 땀 한 땀 염원을 엮은 매듭
팔찌를 낀 가는 손목이
턱을 고이고 올려다보는,

비가 오지 않는 하늘에
종일토록 젖어 내리는
이름 석 자

어떤 부재
비의 호명

당신

와아!

입 다문 아기의
윗입술은 봉우리
아랫입술은 수평선

오호, 세상에,
아기의 입에서는
별들이 쏟아지고
흙이 아직 묻지 않은 작은 발로
걸음마를 시작하는, 와아

기지개를 켜며 일어나서
커튼을 보며, 와아,
담장 넘어가는
줄무늬 다람쥐를 보고도
와아, 와아

계란 노른자가
밥 위에 미끄러져도
와아,

아기가 토해놓은 별들을
차마 폭에 주워 담으며
나도 그만, 와아, 와…

세상이 온통 와아 천지인데
나는 잃어버린 느낌표
오래 감겨있던 눈,
오래 닫쳐있던 가슴에
아기 천사가 뿌려 놓은
초록 별 한 무더기

봉헤찌로*의 눈물

그해

인형을 이불 안에 덮어놓고 밤낮으로 도박장을 오가던 수아 아빠는 더는 못 살겠다는 부인의 치맛자락을 부여잡고 독하게 혀를 깨물며 새 신발을 사 신고 브라질로 떠났고요 친구를 잃은 가난한 우리 집 빛바랜 편지함에는 전기세와 전화세 독촉장 위에 먼지가 뽀얗게 쌓였지요 서로 떨어져 이를 악물며 억새풀을 심던 발품에 작은 이삭 꽃이 피던 날 오랜만에 볕이 든 양지에서 두 팔을 나비처럼 펄럭이며 우리 부부 상파울루로 친구 부부를 찾아 날아갔지요 비스듬히 기울인 소주잔에 기계 주름 원단 짜깁기 지나간 피땀을 안주로 붉은 목울대에 술을 털어 붓던 우리는 고국에서 무명 가수이던 남자가 한다는 노래방으로 자리를 옮기고요 얼마 전 설암 수술로 혀의 반을 잘라내고 노래를 매장하고 건반만을 친다는 주인장의 젖은 눈빛에 맞추어 목 놓아 노래를 지르고 술집을 나서는데 빗물인지 눈물인지 세월의 서러움을 토해낸 거리에는 주룩주룩 검은 비가 내리고 있었지요

* 봉헤찌로(Bom Retiro): 브라질 상파울루 한인 밀집구역.

4부

쌀

— Fields of Vision 이하윤 작가 전시 다녀와서

전시장 대문 열고 들어서니

하얀 벽 높은 천장
공중에 매달린 목숨, 빨강 쌀 포댓자루

계단을 올라가면 쌀자루에 손닿을 수 있을까

달덩이 같은 흰 얼굴
큰 북위에 쿵 하고 방망이가 벼락으로 내려앉네
바다와 산을 넘어 심장을 휘감고 도는
수십만 쌀 알갱이에 젖은 웃음과 눈물
오금이 저려 드네

수탈의 쌀 한 톨에 한恨이 되어버린 소녀상 설움의 피눈물이 보이고
재단 위의 소복한 공양 쌀 한 사발과
배가 고파 계란을 훔치고 창살에 갇힌 패인 동공과
50억을 해 먹고도 철창 향에 비웃는 미꾸라지의 미소,

밥 이란,
이리도 사연이 많아
굴곡의 땅 my mother's land 작품 앞에 서니
천만 개의 이야기가 지나가네

작가의 가녀린 손이
아이 손에 쥐여주는 긴 끈 달린 풍선과
관객에게 나누어준 빨강장미
예리한 칼 아래 찢어지는 쌀자루에
사람들의 머리, 온몸으로 흘러내리는
쌀
쌀
쌀
전시회의 퍼포먼스

밥은 먹었니?
무얼 먹었니?
어떻게 먹었니?
쌀의 지구 언어

그날 밤
잠 못 이루고 천장에 박아놓은 박제된 눈동자 위에 매달린
붉은 눈물방울
쌀자루

멸치 두 마리

김칫국 냄비 바닥
입을 맞춘 멸치 두 마리
태평양과 대서양 어디를 떠다니다
이렇게 둘이 만나
머리를 맞대었나

식탁을 사이에 두고
마주 앉은 두 사람
행성을 돌고 돌다
어떻게 둘이
서로의 우주 안에
심장을 포개었나

가난한 남자는
멸치 등을 갈라
뼈를 발라내어 여자의 입속에
등 푸른 시간을 구겨 넣고

동굴에 만개한 인연을 삼킨다

밥상

밥상머리에 낮게 앉아
오므렸던 귀 나팔꽃 피어나듯 활짝펴니
들리네
해녀의 숨비소리

밥상머리에 낮게 앉아
장미꽃잎 눈꺼풀 고이 감으니 보이네
참취, 비비추, 원추리
나물 캐다 허리 펴는 아낙의 땀방울이

밥상머리에 낮게 앉아
동백꽃 붉은 심장에 손을 올리니 떨리네
칼잡이가 휘두르는 칼끝 아래 눈 감는 순한 목숨

하루 세 번 찾아오는 눈풀꽃 손길을
식탐에 취한 목구멍에 정신이 팔려
이제야 마주하다니

원 그리며 사라지는

한 생의 순환 고리 불러와
후루룩 국에 말아 삼키며

내 머리가 흙 속에 있습니다*

밥상머리에 낮게 앉아
하루 세 번
머리가 땅에 닿게 절을 한다

* 서아프리카에 맛지라는 부족이 다른 사람의 은혜에 대한 최고의 예의를 표현하는 말.

밥을 먹으며

소복이 쌓인 흰 쌀밥 밥그릇을 마주하고 어쩌자고 둥그런 봉분을 떠올리는가 손가락으로 밥을 뜨며 무덤 앞에 삽으로 흙을 푸고 있는 손 깔깔한 입맛에 밥뚜껑을 닫는데 관 뚜껑을 닫는 손 놀라워라 밥 한술에 한 발자국 밥 무덤으로 가까워지는 나날들 모락모락 김이 가시지 않은 밥상을 물리고 일어서는데 허리춤 사이 옷에 벤 밥 냄새에 몸을 타고 흩어지는 화장터 연기

나야

혀끝에서 떨어지는 은색 비늘
서리 내린 귀밑머리
당신과 나 사이에서 어느새
벽이 무너지는 소리

여기까지 오기 위해
경계의 줄에 서서 매장해야 했던
그 퍼즐의 시간들,
휘장을 걷어치운
당신과 나의 몸 위로
어제를 이겨낸 너무나도 투명한 어휘들

섞이고 비벼대도 이제는 아프지 않을
혀끝에 펼쳐지는 오색의 비눗방울
나야,

소리의 맨살

당신의 혀

당신의 혀는 마술의 춤을 추어요
바람을 동글게 말아 피리를 불면
두 팔에 솜털이 일어나 하늘을 나르고
입술의 향기에 나비가 몰려오죠

당신의 혀는 주술의 춤을 추어요
혀끝에 바늘을 꽂고 꼭꼭 찌르면
피를 흘리며 날개를 접는 새

신은 왜 입술 안에 혀를 숨겨놓았는지

나의 혀 위에 당신의 말을 포개어 놓고
질근질근 씹어보는
입맞춤보다 짜릿한 언어의 곡예
음절을 섞다 돌기가 되어버려
천국과 파국의 경계에 숨을 몰아쉬다
무릎을 꿇는 새벽

비말의 독향

알 수 없네요

닫혀 있던 것이 열리는 시간에는 두 손을 모아야 한다는 것뿐

묵언默言

변기통 뚜껑이 열려 있다
다물어야 하는 입을 열고 있는 듯
하얀 목구멍에 배설물이 목마른
불손하게 열린 구멍
자세히 보니
허물을 잘근잘근 씹는 터진 입이 보인다

쓴물 올라오는 심장을 독하게 단속하며
딱 벌린
입
구업口業의 통로

변기통을 닫는다

지진

울타리가 높고 신호등이 많아
가시 유리가 목까지 걸려 서러운 날
저 깊은 뿌리에 박힌
내 집시의 피를 따라 떠나고 싶다
윗도리를 벗어 어깨에 둘러메고
가장 센 풀향을 뜯어먹고 언덕에 올라
기타를 치며
홀로움 살고 싶다
천년 나무에 기대어 졸다가
초승달 위로 걸어 올라가 꿈 잠을 자며
한 계절을 보내고 나면
집시 여인이 된 나는 돌아갈 둥지를 다시 그리워할까

어떤 꿈은
꿈일 뿐이어서

꿈처럼 사무치다

나무 베던 날

벽에 걸린 출렁다리 올려보며
나는 다리 건너 저 너머의 꿈을 꾸는데
당신은 다리가 무너질 것 같다고 했다

가지가 꼬불꼬불한 앞마당의 나무를 바라보며
수천 개의 별이 밤마다 내려온다고 황홀한데
당신은 메두사의 머리 같은 나무가 기분 나쁘다고

새벽에 일어나면 제일 먼저 바라보는
두 그루의 뒷마당 큰 나무를
햇빛 가려 호박 농사 안된다고
당신이 무작정 잘라 버린 날

개망초 풀숲에 앉아 계란꽃 바라보며
언젠가 우리가 우스개처럼 말하던
노른자만 먹는 당신과
흰자만 먹는 내가 만나

함께 사는 것이 그대로 기적이라더니

바닥에 쓰러지는 나무를 보며 놀란 나는,
기절해서 온종일 잠만 자고
당신의 이마에는 그새,
깊은 고랑이 파였다

비단이끼

산길을 걷다 그늘진 낮은 곳에 앉아
바라보는 비단이끼
청정한 곳에서 숨 쉬며,
세상을 보여준 초록 당신
나 당신 옆에 앉아
숨 돌릴 때, 봄비를 그리며
레인스틱rain stick 흔들면
차르르 차르르 봄비는 오시고
땅 그림자 한 모서리에
꽃나무 하나 심어놓으신*
당신의 시가 입속에서
천년의 노래 되어 피어나네

* 마종기 시인 시 「바람의 말」에서 퍼옴

5부

재단사

똬리 틀은 뱀의 음산한 고뇌
슬픔을 양지에 내다 말렸다
쭉 뻗은 마른 생명 널브러진 주검
말라붙어 빳빳이 박제되었다

완전한 매장

오그라진 기억을 가위로 잘라
오려 붙이고 찢어 붙여 예쁜 것만 골라
추억의 액자에 걸어 넣었다
멋있어

기억을 재단했다

디아스포라의 눈물 처방전

출국 인천공항으로 향하는 차창 가에 비가 내린다 입국, 케네디공항 활주로도 비에 젖어 축축 하다 비벼서 따뜻하고 부벼대서 아팠던 가슴과 눈이 얻어낸 방문의 마지막 언어는 눈물이었다 언제 다시 기약이 없다 눈물을 잘 펴서 말리면 약이 될 거라고 뼈가 되고 살이 될 거라고 다독이며 구슬리며 깊은 외투 속에 찔러 넣은 디아스포라의 눈물 처방전, 홀연히 빠져나오는 공항의 긴 복도 뾰족 울음 구두 소리만 또각또각

당신은 얼마인가요

동네를 걷는다

앞뜰에 놓여 있는 호박
어수선한 세상에 그래도 내일을 기다리며
볏단 위에 서 집 지키는 허수아비

오랫동안 빈집 팻말이 붙어있는 계단이 높은 집을 지나
낮은 돌담 벽 붉은 대문 양옆에 놓인
노란 국화꽃에 가을 눈 맞춤을 보내는데

항아리에 붙어있는 가격표

꽃에도 팔자가 있어 어디서 날아와 흙에 묻혀
이국땅 이 동네 이 모퉁이에서 만나는 건 좋다만
가슴에 가격표까지

누가 너의 가격을 계산할 수 있단 말이지?

맨발의 부끄러움과

가시 바람 앞에 일어서며 만들어낸
모호한 너만의 향기

그저 꽃으로 그저 너였어야 하는 오직 너를

몇 발자국을 걷다 고개를 돌려보니 네가 묻는 듯하네

당신도 가격이 있나요
당신은 얼마인가요?

당신, 언제 이곳을 기웃거리셨나

언제 이곳을 와 본 적 있었던가

거리 한가운데 데자뷰déjà vu
현기증, 나는
꿈길의 가는 줄을 바짝 감아쥐고
낯설지 않은 철근의 거리를 걷는다

레게머리 사진 붙은 헤어숍 코너 철물점을 지나
초록 페인트 칠 벗겨진 선술집의 문고리를 당기는 손
춤추는 회색 연기 몸이 타는 냄새
전생에 이곳을 기웃거렸었나

낮술을 주문한다

긴 벽에는 장 미쉘 바스키아의 해골 무늬 녹슨 낙서
흔들리는 촛농에 녹은 재즈 음률 사이
누군가 놓고 간 구석에 쌓아놓은 책 사이
확대경처럼 벌어진 나의 동공에 춤추는 모음자음

달나라의 장난*

턱을 괴인 손이 내려오고 기울어지는 몸으로
떨리는 손 책 갈피갈피 당신 체온
실핏줄의 소름 세례

간절하면 이루어지는 소망처럼
책을 놓고 간 사람은 시를 사랑한 사람이었을까
뉴욕 브루클린 구석, 허름한 선술집
세상이 술 취한 듯 빙빙 돌며 춤을 추는 가운데
푸르게 떨고 있는 촛불의 심지
당신, 언제 이곳을 기웃거리셨나

바람의 말이 통과하는 하늘 아래 마을을

* 달나라의 장난: 「서시」「눈」「광야」 등을 수록하여 1956년 춘조사에서
간행한 김수영 첫 시집.

모자들의 행진

모자가 달려가네
모자가 울고 있어
모자가 넘어지네
모자가 다시 꿈틀
모자가 등을 펴고
모자가 헐떡이네

연극무대 광대처럼 모자를 바꿔 쓰고 달려가는 사람들

아버지가 돌아가셨는데도 가수라는 모자를 쓰고 정해진 무대에 올랐다는 눈물 고백을 들었어

누군가 눈물이 날 때면 위를 쳐다보라고 했지

쓰고 가는 것이 아닌 머리에 이고 가는 시간 들이 있다니까
구멍이 뚫려 꿰매고 이어붙인 상처가 무늬를 만든
모자들의 행진

저기

간호사 모자가 달려가네
노동자 모자가 추락하네
소방관의 모자에 물 흐르고
아버지 모자에 소금 얼룩
색 바랜 엄마 모자 울다가 웃다가

할미 모자가 헐렁 춤을 추네

사막의 지도

그녀의 집에 들어가니
침대에도 부엌에도
화장실 창틀에도 모래시계
소리 없이 사금이 떨어지고 있었어

카모마일? 라벤더? 녹차?
무엇을 마시겠느냐고 묻고 있는 그녀의 목울대를 감고
있는
자줏빛 해골 무늬 스카프

귀를 열어놓고 눈으로 말하며
간혹 턱을 고이며
바람을 가르는 듯한 그녀의 긴 손가락 사이
햇빛에 빛나는 보랏빛 스와로브스키 해골 반지
눈이 부셔

천장을 바라보니
태양빛 뚫고 사막을 건너가는 낙타 그림

훅! 뜨겁게 몰려오는 숨을 죽이고
그녀의 비밀을 풀어보았어

해골과 모래시계 그리고 낙타 여인

메몬토 모리Memento Mori
카르페 디엠Carpe Diem

날숨과 들숨이 모래바람에 춤추는 집

그녀의 사막은
황홀했어

그녀의 집에는 열 개의 창이 있어

분주한 손과 발은 열어놓은 창과 닫힌 구멍 창의 온도를 조절하는 일

엄마의 자궁, 부엌의 창 앞에 앉자, 낮 꿈을 꾸다가
예고편을 읽어내려는 두 눈 같은
큰 거실의 창 앞에 앉자
옷을 입고 옷을 벗는 나무
계절의 언어를 해독하다 턱을 괴는 여인

이 방에서 저 방으로 고요를 끌고 움직이는 발걸음 소리,

발로만 천지를 헤매는 것이 아닌 것처럼
그림은 손으로만 그리는 것이 아닌가 봐
몸으로 생을 그려내는 여인

우울을 쓸어내리듯 머리를 빗질하고
욕실 문을 여는 손,
쿵, 바닥에 떨어지는 샤워기

수다스러운 창의 울림에 문풍지를 달 듯 귀를 막는 떨리는 두 손

그녀의 집 열 개의 창엔 바람 잘 날 없어
비 눈물이 흘러 자국을 만들고 균열이 생겨 뒤틀리고 갈라져
창과 창 사이, 닦아도 지지 않는 얼룩이 생겼구나

수천 번을 여닫던 창을 바라보다가
그 안에 웅크리고 앉아 가만, 귀를 세우니
미세하게 떨리는 창의 숨소리,

세월을 건너가는 당신,

90도는 싫어

빳빳이 세운 고개, 수직상승
천장을 꿰뚫을 수 있는지 모르지만 사선의 멋은 볼 수 없어

곡선의 언덕에 숨어있는 보물들은 얼마나 대견한지

90도는 위태롭지 않겠지만 고개를 숙일 줄을 몰라
얼마나 많은 빛의 각도를 놓치는지

비탈길에 누운 바람의 입술과 풀꽃의 밀어를 듣지 못하고
측면과 옆면과 귀퉁이와 모서리
햇빛에 드러난 거미의 날개 춤을 보지 못하고
모든 것을 보았다고
그렇다니까
오만의 각도에서 볼 수 없는 경사의 미학

홀로, 간혹

비스듬히 고개 숙이고
무릎을 땅에 대고
귀 기울여 곰곰이 들어봐

당신이 과연 누구인지

주머니 속에 당신을 펼치는 날

나는 당신을 접을 수도 펼 수도 입맞춤할 수도
기차역에서, 산길에서, 어슬녘 도심을 걸으며 언제나 어디에서나
접어서 들고 다니는 나의 고독처럼
속주머니 속에 당신을 넣고 걷는 오후

사람 그림자라곤 없는 비 내리는 강둑
물가에 심어진 나무 아래 우산을 받치고
마음껏 당신을 펼치는 날
비닐우산 위에 떨어지는 동그란 눈물

마지막 손으로 훔친 것은 웃음이었네

가슴에 묻었다면 헤어짐은 없어

물여울에 비친 당신을 접어
발걸음 옮기는데
당신이 묻는 군요

네,
슬몃, 하늘을 올려보다가
젖은 걸음 옮기는데
또다시
당신이 묻는 군요

네

■ 해설

낭만과 유목의 몸시 그리고 생명의 깨달음에 관한 시학

— 곽애리 시집 『주머니 속에 당신』

김 영 탁(시인 · 『문학청춘』 주필)

들어가는 글

곽애리의 시편들은 다채로운 낭만의 노래와 디아스포라로서 유목의 몸시를 유감없이 발휘하고 있다. 낭만적인 진술과 형태는 감각적이고 구체적인 몸으로 발현하면서 시정신과 육체를 동시에 포획한다. 그의 첫 시집의 다양한 질료들은 감각의 향연으로 살아 움직이고 흩어졌다가 다시 모이면서 현란하지만, 생명존중의 깨달음으로 귀결하는 특징이 있다.

좀 더 과장하자면, 각자覺者의 오도송에 버금가는 노래와 춤은 활달한 몸시로 응집하여 결속력을 단단하게 구축한다. 이러한 깨달음의 여정에서 만나는 다양한 대상들 중 '밥'과 '몸'이 중요한 핵심으로 자리하고 있다. '밥'을 노래하는 시편들을 통하여 '몸'으로 전이되어 춤을 이루고, 춤은 몸시가 되어 깨달음으로 가는, 길 없는 길을 만들면서 유목의 노래를 한다.

곽애리가 감각하는 대상들뿐만 아니라, 현실계를 넘어선 상상계까지 수렴하는 방랑자의 노래는 곡비哭婢가 되어, 대상들을 대신하여 울어주며 정처 없이 떠도는 영혼의 집시들을 호출하면서, 가슴에 있는 속주머니에 넣고, 속절없이 사랑한다.

밤새 고요가 내려앉은
뒷마당 호랑가시나무
겨울 구름 덮고 잠들었네
흰 꿈 송이 사이로 고개 내민,
아직 다 익지 않은
빨강 열매

첫 몸앓이

꼬리 긴 내 어린 날의 면사포
이불 위, 젖은 발자국
붉은 새 다녀갔나

겨울 초승달처럼 수줍게 미소지던 입
내 소녀적 얼굴 보이네

세월 가도

첫눈은 사뭇, 떨려
처녀의 시원始原으로 열리는 세상

멀리 손짓하는
흰옷의 수피 댄서
눈 위에 그려놓은
붉은 심장
꽃
첫, 발자국

—「첫눈」 전문

시인은 첫눈을 보면서 고백한다. 태어나서 처음 세상이 열리는 첫 번째 문을 여는 순수한 여자로서의 몸앓이 하는 장면을 첫눈과 대비하면서, 하양 꿈 송이 사이로 고개 내민, 설익은 빨강 열매의 몸짓을. 때 묻지 않는 미성숙의 빨간 몸뚱아리 순수와 이불 위를 적신 흔적의 본능이 첫몸과 첫눈이 절묘하게 오버랩되면서 "수줍게 미소지던 입"을 떠올리며, 화자의 어릴 적 '소녀적 얼굴'을 소환한다. 첫눈을 육화하는 매 순간 화자는 첫몸의 떨림으로, 순수무구한 첫 세상을 맞이하는 것이다.

그러므로 화자의 떨림은 어떠한 세월 속에서도 풍화작용을 견디면서 첫눈을 맞이하는 순간, 다시 시원의 세상으로 되돌아갈 수 있고 때 묻지 않은 소녀로 다시 태어나는 것이다. 특히 이시는 곽애리의 첫 시집의 첫마디를 장식하는 "첫/ 마음 속살을 꺼내 보이려는데/ 망설임조차 서투르다"는 문장과 연대한다. 시인의 속마음에 있는 겸손함과 부끄러움으로 생명에 대한 환희와 희망을 드러낸, 시적 진실을 통하여 시와 사람이 고양되는 충만함과 첫눈에 첫눈이 오듯이 특별한 경험을 쌓게 한다.

첫눈이라는 건 그해 겨울에 처음으로 내리는 눈이지만, 눈이라는 게 무엇인가. 단순하게 정의하면, 구름 속의 수분이 얼어붙은 상태로 내리는 것이 눈이다. 눈이 녹으면 물이 되어서 대지를 감싸면 바다로 가는데, 고기압의 영향으로 수분은 선순환하여 다시, 구름 속으로 스며든다. 일상에서 눈(眼)을 통하여 감각화하는 눈(雪)은 겨울이 보내는 편지 정도일 수도 있겠지만, 낯설면서 신비한 변신의 결정체일지도 모를 일이다. 이 부분은 「첫눈」에서 상당히 주술적인 단서를 제공하는데, 화자는 다시, 역동하는 붉은 심장으로 꽃을 피우며 걸음마를 시작하며 생명운동을 시작한다. 기후변화가 닥쳐온 현재, 지구온난화와 엘니뇨의 영향으로 이제 뜬 눈으로 눈을 보기 힘든 세상이 올 것은 자명한 일이다. 이러할 때, 시인이 호출한 첫눈을 보면서, 건강하고 선순환적인 운동이 계속되길 바란다.

1. 낭만적인 사랑과 몸시

화장도 특별한 의상도

예쁠 것도 멋질 것도
아무렇지도 않은
무대 위의 두 여인

열악한 스테레오에서
노래가 흘러나오자
그녀들의 벌린 팔이
나팔꽃 줄기 되어
허공에 꼬였다 풀어지고
입가에 꽃이 폈다 사그라진다
휘청이다 힘줄 세운
그녀들의 다리 사이로
관객들은 재를 넘고
강을 건너 어느 뫼를
넘어갔다 오는 건지

꾸미지 않은 옷매무새
분칠하지 않은 얼굴은,
바람난 이웃집 아줌마
처녀에게 남편 빼앗긴 내 엄마
폐결핵으로 시집 못 간 사촌 언니
유부남 사랑하다 자살한 동창생

무대 위에 춤추는 내 아는 이

한바탕 혼백을 뒤집는

사람아

춤에도 절창이 있다던데
울음조차 멍이 된
정지된 숨소리
몸의 시가詩歌여

–「절창」 전문

시 「절창」은 한마디로 '몸시'라고 불러도 좋을 듯하다. 시와 몸이 하나 되어 무대 위에서 전개하는 '몸시'인데 춤의 동작이 이동하는 동선은 휘발성이 강한 만큼, 시 역시 휘발성이 강하다. 휘발성은 아련하면서 매력적이다. 그러니까 사라지는 것들의 뒷모습과 후렴이 겹쳐지면서 슬프지만, 매혹으로 다가온다. 하여, 춤이 펼쳐지면서 시간을 삼키고, 동작들은 사라져가면서 춤과 사람이 '몸시'로 뭉뚱그려진다.

「절창」뿐만 아니라 「탱고」「춤추는 지브라」「엄마를 닮지 마라」「징검다리」「남우주연상」 등에서 보이는 시편들은, 열정과 비애의 춤이 역동적으로 펼쳐진다. 화자는 춤을 단순하게 잘 추고 잘 아는 게 아니라, 춤의 내면에 숨 쉬고 있는 인생의 희로애락을 승화하는 필터를 통하여 노래하고 있다. 춤을 묘사하는 문장 안의 무의식들이 그것들을 견인하면서 포옹하고 있기 때문이다.

곽애리의 시편들은 영화를 보듯 비주얼하고 입체적이

며, 장면 전환도 영상적이다. 「절창」은 무대 위의 두 여인이 펼치는 춤결마다 내레이터의 진술이 전개되는 영상기법이 돋보인다. 주인공들은 춤을 제대로 배우지 못한 소위 말하는 '막춤'을 추는 듯하다. 하긴 요즘은 '막춤'도 배워야 춘다고 하지만, 소위 말하는 신명 나는 대로 몸에서 나오는 춤이 '막춤'이 아닐까. 어설픈 춤에 스테레오마저 시원찮지만, 온몸을 흔드는 신명이 음악을 넘어선다. "꾸미지 않은 옷매무새/ 분칠하지 않은 얼굴은," 평범하고 유순하지만, 실은 "바람난 이웃집 아줌마"로 변신한 것이다. 얌전한 강아지가 부뚜막에 먼저 올라가는 건, 수많은 신산스러운 시행착오에서 나오는 게 아닐까. 약자의 처지에서 착취당하고 억울한 일을 당함으로써, 더는 희생자로 자리하지 않고 선제적으로 움직여야 한다는 것이다. 이러한 당위성은 "처녀에게 남편 빼앗긴 내 엄마/ 폐결핵으로 시집 못 간 사촌 언니/ 유부남 사랑하다 자살한 동창생"에서 엿볼 수 있다.

화자가 진술하는 이들은 인생이라는 무대 위에 춤추는 주인공들이고 사랑하는 사람들이다. 그 사랑하는 이들을 바라보는 곽애리의 시선은 연민으로 그들을 대신하여 울고 있다. "울음조차 멍이" 되어 "정지된 숨소리"는 온몸이 지상에서 허공으로 산화하더라도, 끝까지 존재할 수밖에 없는 영혼의 결정체로 남을 거라는 사랑의 신념으로, 다시 육체를 얻어서 '몸시'로 결집한다.

저요,
한때, 기억의 불구자이었죠
뱀의 아가리를 땅에 묻은 삶의 재단사
매 순간 죽었다 매 순간 살아나려고 발버둥 치는
별난 여자입니다

내일의 지도는 새장 속에 접어 넣고
어제의 폐경閉經은 쓰레기통에 버려라

카르페 디엠carpe diem

—「탱고」 부분

곽애리의 시편들을 수놓은 숨결들은 춤이 작동하고 있다. 「탱고」 역시 이 시집을 구성하고 있는 시와 춤의 숨결이다. "한때, 기억의 불구자이었죠/ 뱀의 아가리를 땅에 묻은 삶의 재단사/ 매 순간 죽었다 매 순간 살아나려고 발버둥 치는/ 별난 여자"의 별난 진술은 생사를 오가며 망각의 세월을 딛고, 드디어 뱀의 아가리와 포효하는 자신과 함께 순장할 만큼, 생을 관조하면서도 "내일의 지도는 새장 속에 접어 넣고/ 어제의 폐경閉經은 쓰레기통에 버"릴 것을 다짐하는, 용맹직진하는 각자覺者의 경지까지 왔다. 그리하여 깨달음의 경계에 다다라서 추는 탱고는 화자의 정신세계와 탱고의 정신에 녹아있는 기쁨과 슬픔 그리고 투쟁과 유대하고 있다.

내일 가야 할 목적지가 있다 하더라도 사람의 일이란 게 어떻게 될지는 알 수 없다. '내일의 지도'를 새장 속에 접어 넣는 일은 여정을 포기한 게 아니라, 다시 내일 태양이 떠오르고 신세계가 펼쳐지는 미지를 봉인하면서, 두근거리는 기대감에 대한 자신의 절제일 터이다. 그러니까 오늘은 오늘을 느끼는 순간 오늘의 문 안으로 들어왔듯이, 내일은 내일의 문이 스스로 열릴 것이므로 닫힌 문을 버리는 순간, 문은 다시 열릴 것을 강력하게 희망한다.

돌아온다는 기약만 있다면
언제든지 나가시오
출장 간다는 말에 신나 춤추던 자유부인도
이젠 다 지난 옛말
대문 열고 동네 슈퍼를 나가도
올 때까지 불안하게 기다려지는

길어진 나이만큼
살아온 주름만큼
쌓아 올린 사연만큼
대역이 불가능한

내 생의 남자 주인공

– 「남우주연상」 부분

「남우주연상」은 대체불가한 "내 생의 남자 주인공"을 찬하는 간절함과 해학이 녹아있는 시이다. "돌아온다는 기약만 있다면/ 언제든지 나가시오/ 출장 간다는 말에 신나 춤추던 자유부인도/ 이젠 다 지난 옛말/ 대문 열고 동네 슈퍼를 나가도/ 올 때까지 불안하게 기다려지는" 그 남자 주인공의 여정은 자유인의 삶이라는 걸 알 수 있다. 화자의 애타는 기다림과 기대는 밖에서 무슨 일을 저지르고 다녀도 그저 몸 성히 집으로 귀환하기만 하면, 고마운 마음으로 기다린다는 것이다.

화자의 지고지순한 기대에도 불구하고 그 남자는 애를 태우는, 대체불가한 '내 생의 주인공'이라는 것이다. 왜 그럴까 하는 궁금증이 일어나지만, 2연의 '길어진 나이/ 살아온 주름/ 쌓아 올린 사연'을 들어보면, 이 남자는 대체 불가능하다는 것이다. 그만큼 화자의 넓은 마음이 주효한데, 이 세월만큼 이 남자의 허물을 이해하고 포용하는 사랑의 태도일 수밖에 없을 터이다.

드디어 화자의 감복스러운 사랑의 포용으로 배꼽 잡고 웃으며, 대나무에 꽃("대나무 트로피")이 피는 행운을 맞이한다. 지성이면 감천이고 믿는 자에게 복이 온다는 고전적인 말을 떠나서, 지극하고 조건 없는 사랑에 관한 아름다운 이야기이다.

2. 밥과 생명 그리고 깨달음으로 가는 여정

멀리 섬강蟾江을 안고 달리는 기차에 앉자
물끄러미, 묻어놓은 시간을 바라보고 있는데
다음 정거장, 횡성 역에 도착한다는 기내방송
흔들리며 깨어 일어서는데

밥해 놓았어
울리는 카톡 소리
곧이어 또
반찬은 없지만,
90을 바라보는 엄마의
애교 가득한 목소리

자라며 몇 번 받지 못한
엄마의 밥상이었지만
세상의 엄마가 다 밥을 잘하는 것은 아니다

호박전, 두부찌게
뜨겁고, 맵고, 짠 세월이
아랫목에서 나를 바라보는
엄마의 순해진 눈에 녹아들어
숟가락은 올라가는데
오래 기다린 내 눈물은
자꾸만 아래로 흘러내렸다

엄마도 내 안으로 흘러내렸다

—「화해」 전문

소복이 쌓인 흰 쌀밥 밥그릇을 마주하고 어쩌자고 둥그런 봉분을 떠올리는가 손가락으로 밥을 뜨며 무덤 앞에 삽으로 흙을 푸고 있는 손 깔깔한 입맛에 밥뚜껑을 닫는데 관 뚜껑을 닫는 손 놀라워라 밥 한술에 한 발자국 밥 무덤으로 가까워지는 나날들 모락모락 김이 가시지 않은 밥상을 물리고 일어서는데 허리춤 사이 옷에 벤 밥 냄새에 몸을 타고 흩어지는 화장터 연기

—「밥을 먹으며」 전문

원 그리며 사라지는
한 생의 순환 고리 불러와
후루룩 국에 말아 삼키며

내 머리가 흙 속에 있습니다

—「밥상」 부분

문인들이 받고 싶어 하는 문학상이 많이 있는데, 어느 시상식에서 수상자가 한 말이 인상적이었다. 그는 문학상을 받아서 감사하다고 말하면서도 기실 "세상에서 가장 받고 싶은 상은 어머니의 밥상인데, 이제 어머니는 돌아가셔서 받을 수 없다"라는 수상소감을 들었는데, 퍽 감동적이었다. 모든 상을 통틀어 어머니 밥상만 한 게

있을까. 모성과 정성이 담뿍 담긴 어머니의 밥상, 지상 최고의 밥상일 것이다.

시 「화해」에 나오는 어머니와 화자는 핸드폰의 카톡을 통해서 그동안 개운치 않은 앙금을 털어가는 과정과 가슴 뭉클한 밥상에서 서로의 마음을 녹이면서, 화해의 강물이 되어 뜨겁게 흘러내린다. 가족 간에도 미워하고 좋아하는 감정이 왜 없을까. 이 시에서 두 사람 간의 묻어놓은 시간들은 애증이 엉겨버린 침전물일 터이다. 그러나 어머니의 "밥해 놓았어"라는 카톡 메시지를 시작으로 침전된 앙금들은 화해를 맞이한다. 여기서 '세상의 엄마가 다 밥을 잘하는 것은 아니'라는 말이 이 시의 키워드이다. 누구나 완벽할 수 없고, 실수와 반복되는 오해 등 이루말 할 수 없는 일이 허다하다. 화자도 세월이 흘러서야 어머니와 갈등했던 인자因子를 발견할 수밖에 없을 것이다. 어머니가 겪었던 세월의 과정을 화자 역시 그 시공을 거치면서 동병상련의 마음으로 회귀하면서, 화자의 내면으로 스며든 어머니와 동일화하는 것이다.

식정食情이라는 말이 있다. 한솥밥 먹으면서 정이 들고 밥을 함께함으로써 서로 정이 든다는 뜻이다. 밥은 생명이고 삶이면서 존재 자체이다. 세상이 아무리 핵가족과 핵개인으로 분화되더라도, 혈육 간에 밥은 가족이라는 연대뿐만 아니라, 운명적인 끈으로 연결된 강력한 생명의 유대가 아닐까.

「밥을 먹으며」 산문시는 군더더기 없이 깔끔하면서 생사의 순환을 수영하는 삶에 대한 직관력이 돌올하다. 밥이라는 생명에서 죽음을 발견하는 직관력은 삶과 죽음이 동전의 양면이면서, 일란성 쌍둥이로서 함께 움직인다는 것이다. 인간은 생명의 탄생과 더불어 죽음이 시작되는 건 유한한 생명의 한계이면서 필멸의 법칙이다. 이 평범한 법칙은 화자의 밥상머리에서 발현되면서, 삶의 허무와 비애의 밥을 먹으면서도 긍정적인 재미를 더한다.

시의 일차적인 진술은 명확한데, 삶과 죽음이 상반하는 비유는 밥에서 파생한다. 대립하는 삶과 죽음은 밥에서 태어나고 형태나 기능적으로도 서로 연동하고 있다. "깔깔한 입맛에 밥뚜껑을 닫는데 관 뚜껑을 닫는 손 놀"랍다는 화자의 진술은 재미있다. '깔깔한' 것을 주목하면 뭔가 느낌이 부드럽지 못한 까칠함과 소리 내 웃는 깔깔거림이 있다. 생은 만만치 않고 장애물이 즐비하지만, 깔깔거리며 웃을 일도 있을 터인데, 화자는 '깔깔한' 이 시어를 선택함으로써 시는 비관적이며 허무하지만, 그 과정에서 웃을 일도 있고 삶과 죽음을 함께 수용하는 넉넉한 대긍정으로 전환할 수 있을 것이다.

「밥상」 역시 밥에 관한 노래이다. 밥을 존중하는 겸손한 미덕은 삶을 선순환하며, 삶은 돌고 도는 연속운동으로써 생명운동으로 견인한다. 화자는 세 번에 걸쳐 "밥상머리에 낮게 앉"는 다고 강조한다. 밥을 숭앙崇仰하는 자세는 뭇 생명에 대한 존중과 맥락을 같이한다. 밥상 위에 펼쳐지는 음식의 기원과 희생을 생각하는 화자는 타자의 생명을 먹음으로써 우리가 산다는 각성으로 다가온다. 그러니까 우리가 몸을 이루고 사는 건 우리 것이 아닌 타자적일 수밖에 없을 것이다. 타자의 생명으로 이루어진 화자의 몸은 생명존중사상과 연결된다. "내 머리가 흙 속에 있습니다"라는 표현은 서아프리카에 �라는 부족이 다른 사람의 은혜에 대한 최고의 예의를 표현하는 말이다. 타자의 생명을 먹고 자신이 존재할 수밖에 없는, 어쩌면 슬픈 존재이다. 그리하여 화자는 최고의 예의로써 밥상보다 낮은 자세로 타자의 생명에 대하여 고개를 숙이며, 머리가 땅에 닿게 절을 한다.

그렇지만 희생의 대상들이 화자에게 향하는 이타심, 즉 무조건적이고 본능적인 먹이사슬로 작동하는 관계망이라는 각성을 통하여, 삶의 아이러니한 유사이타심類似利他心에 도달할 거라고 생각한다. 멀리 보면 서로가 상대적인 타자들은 지구라는 하나의 마을에서 생멸을 거듭하며, 타자적으로 기여할 수밖에 없는 운명적인 구조일 것이다.

파란만장
사람도 사랑도 사연도
밀려왔다 밀려가는

밀물 썰물일 뿐
언제나 큰 집을 지키는 주인은 바다

빈손으로 오는 손님은 있어도
빈손으로 떠나는 손님은 없어
떨어뜨리고 간 냄새에 넘어져
잠깐 손님에게 자리를 내어 줄 수는 있겠지만,
손님은 언제나 오가는 것
바다가 어찌 파도를 시비할까

―「해해해돋이」 부분

「해해해돋이」는 시인의 넉넉한 품과 큰 스케일의 재미를 더하는 시이다. 이 시는 빈손으로 왔다가 빈손으로 가는 공수래공수거空手來空手去를 연상하기도 하지만, "빈손으로 오는 손님은 있어도/ 빈손으로 떠나는 손님은 없"다는 진술을 보면, 자못 궁금해진다. 손님의 손안에는 뭐가 있을지 궁금한 재미를 충분히 더하고 있다. "손님은 언제나 오가는 것/ 바다가 어찌 파도를 시비할까"라는 진술에서 오가는 손님, 즉 밀물과 썰물이 오가면서 물의 밀도와 질량과 몸짓이 같을 수는 없을 것이다. 결국 빈손으로 오지만, 빈손으로 간다는 행위이지만, 빈[空] 것이 0이라면 0도만큼 0이 존재한다는 뜻이다. 오가는 형태를 보면 달리 보일 수도 있을 텐데, 궁극엔 0을 손에 쥐고 오가는 숙명을 노래한다.

이 시는 다층구조로 형성된 '세속의 손님'과 '자연의 손님', 제목에서 지시하는 새해에 떠오르는 '해' 그리고 이 모든 것을 수렴하는 '치마폭'으로 짜여있다. 세속과 자연이 작동하는 주기율은 자연의 섭리로 순응하면서 귀결될 수밖에 없을 것이다. 파란만장한 삶과 사랑도 오가는 것이고 그것도 평등하게 0이라는 공空과 함께 맘껏 놀고 있다는 깨달음이다. 이런 부분 집합을 전체 집합인 치마폭으로 감싸는 행위는 화자와 동일시하면서 「해해해돋이」 시를 탄탄하게 유기적인 관계망을 이루게 한다. 이러한 절묘함 앞에 탄성이 나올 수밖에 없는 건, 그냥 '해돋이'가 아니라 점층하는 '해해해돋이'로 변화하는 직관의 깨달음일 것이다.

한 몸에, 둘
오전과 오후 경계의 시간 위에 앉자
어제의 기억과 내일의 안개에 감은 눈
앞으로 공을 굴리며 뒤에 시선을 둔
불일치와 일치의 모순 사이,
피 흘려 싸워온 곡예의
날들
왼손으로 오른쪽 뺨의 눈물을 닦아내는
손등을 곧게 펴

–「새벽」 부분

하루 한 번

관棺 속에 누워있다 걸어 나오는
살아서 죽는 장례식
가죽에 피와 물을 말려
무겁게 누웠더니
새털로 가볍게 일어서는구나

–「아침장례」 부분

'좌우대칭미인'이라는 말이 있다. 완벽한 미인의 기준이 얼굴과 몸의 좌우가 같은 경우를 뜻하지만, 좌우가 완벽하게 같으면 천사나 악마라는 말도 있다. 아무리 좌우가 같은 대칭이라도 자세하게 보면, 같을 수 없는 게 인간이고 삼라만상이 아닐까. 오히려 같지 않음으로써 조화를 이루고 상호보완으로 완성을 추구하는 과정일 것이리라. 시 「새벽」의 화자는 이러한 불일치를 인식하고 모순을 극복하려는 투쟁의 과정을 진술하고 있다. 그렇지만 "왼손으로 오른쪽 뺨의 눈물을 닦아내는/ 손등을 곧게 펴"는 행위는 모순에 대한 갈등을 넘어서 모순을 인정하고 수용하는 태도로 보인다. 이 모순의 결정들은 인간의 몸 안에 하나밖에 없는 심장으로 집결하면서 화해의 두 손을 모으며, 시원으로 돌아가는 깨달음의 환한 눈으로 자신을 직시하는 것이다.

「아침장례」는 죽음을 직시하고 죽는 연습을 하는 시인데, 웰다잉Well-dying에 가깝다. 잘 사는 것만큼 잘 죽는 것이 중요하다는 새로운 흐름이다. 그러니까 잘사는 건 잘 죽는 것이라는 뜻일 터. 맥박과 호흡이 약하여 죽은 것처럼 보이지만, 적절한 치료로 다시 살아날 수도 있는 가사상태假死狀態와 죽음에 가까워진 상태를 느끼는 임사체험(臨死體驗 near-death experience, NDE)과는 구별된다고 볼 수 있다. 웰다잉은 의지가 필요하지만, 가사상태와 임사체험은 의지와 상관없이 뜻밖에 만나는 죽음에서 되살아나는 행위이다.

화자는 "하루 한 번/ 관棺 속에 누워있다 걸어 나오는/ 살아서 죽는 장례식"을 아침 운동하듯이 반복한다. 이러한 예행연습을 통해서 삶을 껴안고 직시하며 탑을 쌓듯이 공을 들인다. 죽는 연습을 반복하면서 드디어 새털처럼 가볍게 일어서서 삼라만상이 서로 끈으로 연결되어 있다는 걸 깨닫고, 이 세상 모든 게 자신에게 주어진 선물이라는 걸 인식한다.

곽애리는 「새벽」과 「아침장례」를 통해서 파란만장과 형극의 여정에서 자신을 할퀴었던 대상들을 포옹하고 직시하면서, 깨달음의 경지를 획득한다.

> 나는 바위의 뼛속을 다 알 수 없었다
> 나는 바위의 눈물을 본 적이 없기 때문
> 우리는 아는 사이였지만
> 사랑한 사이는 아니었던가

나는 오늘 바위의 어깨가 비에 젖어 흐느끼는 것을 몰래 보았다

그의 심장보다 더 큰 구멍이 뚫리는 내 심장을 바라보았고
아무 소리가 들리지 않았고
우리의 지붕 위에
회색 비가 내려앉음을 보고 있었다

언젠가 모든 색을 다 섞으면
회색이라고 그가 말해주던
천년에 한 방울씩 떨어지던 칠천 겁의 물방울이
우리의 시간이 우리의 서사가 우리의 역사가
회색 눈물이 되어 조용히 우리를 감싸 안고
뼈마저도 녹여낸 강을 건너며,

슬픔도 빛에 눕는 아침을 바라본다

나는 이제야,
다 알 수도 있을 것 같은
바위의 가슴에 비스듬히 누워

그 물소리를 귀에 덮고 잠들 수 있구나

–「회색 바위」 전문

「회색 바위」 역시 깨달음의 시로서 오도송을 노래하고 있다고 봐도 무방할 터이다. 이 시는 저녁을 지새운 슬픔도 아침이면 햇빛에 눈물이 마르면서 드러누워, 희로애락을 관통한 시간들의 후렴으로 나오는 노래일 터이다. "언젠가 모든 색을 다 섞으면/ 회색이라고 그가 말해주던/ 천년에 한 방울씩 떨어지던 칠천 겁의 물방울이/ 우리의 시간이 우리의 서사가 우리의 역사가/ 회색 눈물이 되어 조용히 우리를 감싸 안고/ 뼈마저도 녹여낸 강을 건너"는 무수無數한 시간들은 물리적으로 어떻게 해 볼 수 없는 겁파劫波의 과정에서 인연법은 필연일 수밖에 없을 것이다.

화자는 바위가 비에 젖어 흐느끼는 걸 보며 연민의 정을 느끼면서, 모든 색이 합해지면 회색이 된다고 한다. 이 회색은 연기법의 시작과 끝을 상징하지만, 모든 인연들이 결국 무화되어 블랙홀 같은 구심력으로 합일되면서 재탄생을 의미한다고 볼 수 있다. 계속하여 순환하는 겁의 연속운동은 무한대의 시간이므로 광대무변한 겁이면서도, 찰나조차 무시할 만큼 무겁無劫적인 공空의 개념이다.

여기에서 겁劫이란, 1유순(由旬, 가로 · 세로 · 높이가 약 8㎞)인 공간 안에 가득한 겨자씨를 100년에 한 알씩 집어내어, 겨자씨가 다 없어진다 해도 1겁이 끝나지 않는다는 말이 있다. 또는 1유순인 큰 반석을 솜털로 짠 베로 100년에 한 번씩 쓸어 반석이 다 닳아 없어진다 해도 1겁이 끝나지 않는다고 한다.

범망경梵網經에 나오는 대로 겁의 무게를 나누어 보면, 1천겁은 한 나라에서 태어나고, 2천겁은 하루 동안 길을 같이 걷고, 3천겁은 하룻밤을 한 집에서 보낸다. 4천겁은 한 민족으로 태어나고, 5천겁은 한동네에서 태어나고, 6천겁은 하룻밤을 함께 자고, 7천겁은 부부의 인연으로 맺어지고, 8천겁은 부모와 자식이 되며, 9천겁은 형제자매가 되고, 1만겁은 스승과 제자가 된다고 한다. 부모와 형제자매보다 사제 간의 인연이 귀중한 건, 육신은 부모로부터 받지만, 마음을 받는 진정한 깨달음은 참된 스승의 가르침이기 때문이다.

다시, 화자는 "천년에 한 방울씩 떨어지던 칠천 겁의 물방울"의 흔적인 무변광대한 겁을 통해서 부부의 인연으로 반려를 만난다. 사랑하는 사이라도 사랑과 미움이 점철될 수밖에 없겠지만, 어느덧 "회색 눈물이 되어 조용히 우리를 감싸 안고/ 뼈마저도 녹여낸 강을 건너"는 생생한 과정의 업보業報를 승화하면서 여정을 함께한다. 그러므로 그 인연은 영원한 강물이 되어 흐르고 다시, 인연의 수레바퀴는 돌고 돌아 물소리를 들을 수 있다.

3. 삶과 생명의 환희를 노래하다

입 다문 아기의
윗입술은 봉우리
아랫입술은 수평선

오호, 세상에,
아기의 입에서는
별들이 쏟아지고
흙이 아직 묻지 않은 작은 발로
걸음마를 시작하는, 와아

기지개를 켜며 일어나서
커튼을 보며, 와아,
담장 넘어가는
줄무늬 다람쥐를 보고도
와아, 와아

계란 노른자가
밥 위에 미끄러져도
와아,
아기가 토해놓은 별들을
차마 폭에 주워 담으며
나도 그만, 와아, 와…

세상이 온통 와아 천지인데
나는 잃어버린 느낌표
오래 감겨있던 눈,
오래 닫쳐있던 가슴에
아기 천사가 뿌려 놓은
초록 별 한 무더기

—「와아!」 전문

「와아!」는 생명에 관한 신비와 경탄을 노래한다. 갓 태어난 아기를 보면서 지상과 우주를 그려보는 화자는 인간 탄생의 원초적인 그림을 구체화하는 과정을 실감 나게 그리고 있다. 이것은 직접적인 대상과 관련성이 개입된 실제와 맞닿아 있으므로 현실에 바탕을 둔 환상성으로 비약한다. 아기의 "윗입술은 봉우리/ 아랫입술은 수평선"이라는 지상에서 "아기의 입에서는/ 별들이 쏟아지"는 우주로 향하는 천지창조를 경험한다. 아기는 지상에 발 딛지 않고 "걸음마를 시작"함으로써 일종의 공중부양 상태로 돌입한다. 드디어 아기천사의 탄생이다. 화자는 '와아'라는 경탄의 외침으로 아기와 함께 우주를 유영한다.

여기서 화자의 소리 '와아'는 힌두교나 불교 등에서 신성시하는 진언이자 주문인 '옴'과 유사성을 가진다. 마치 태초에 세상이 열리는 음音의 결정체처럼 처음과 끝의 총집합인 '옴'은 단순하지만, 신비한 우주의 언어이며,

신의 이름 등으로 신성시되기도 한다. 음소적으로 나누어 보면, '와'의 '옴'의 '오'는 동일하고, '옴'은 글로 표기할 때는 데바나가리 문자 1음절로 쓰지만, 소리를 낼 때는 비음을 길게 끌며 '오:옹'하고 소리 낸다. 그러므로 '와아'는 '오:옹'의 길게 소리 내는 음향은 상이하지만, 양성과 음성으로 연동하고 있다는 점도 주목할 만하다. '옴'을 소리 내면 뇌가 진동하는 느낌을 받는데, '와아'도 불러보면 엔도르핀이 솟아나는 느낌이 든다. 과하지 않게 '와아'와 '옴'을 소리 내 볼만하다.

화자는 아기천사와 별들이 쏟아지는 우주를 유영하면서, 잃어버린 생에 대한 외경과 감동 그리고 감겨있던 심안心眼이 열리면서, 화자의 눈에서 다시, 아기천사는 태어나고, 필멸의 인간이지만, 영원성을 약속한다.

> 나는 당신을 접을 수도 펼 수도 입맞춤할 수도
> 기차역에서, 산길에서, 어슬녘 도심을 걸으며 언제나 어디에서나
> 접어서 들고 다니는 나의 고독처럼
> 속주머니 속에 당신을 넣고 걷는 오후
>
> 사람 그림자라곤 없는 비 내리는 강둑
> 물가에 심어진 나무 아래 우산을 받치고
> 마음껏 당신을 펼치는 날
> 비닐우산 위에 떨어지는 동그란 눈물

마지막 손으로 훔친 것은 웃음이었네

가슴에 묻었다면 헤어짐은 없어

물여울에 비친 당신을 접어
발걸음 옮기는데
당신이 묻는 군요

네,
슬몃, 하늘을 올려보다가
젖은 걸음 옮기는데
또다시
당신이 묻는 군요

네

–「주머니 속에 당신을 펼치는 날」 전문

시 「주머니 속에 당신을 펼치는 날」은 표제시이지만, 시집 제목은 「주머니 속에 당신」이다. 이 시의 1연은 종결어미가 모순어법으로 되어있다. "나는 당신을 접을 수도 펼 수도 입맞춤할 수도/ 기차역에서, 산길에서, 어슬녘 도심을 걸으며 언제나 어디에서나/ 접어서 들고 다니는 나의 고독처럼/ 속주머니 속에 당신을 넣고 걷는 오후"를 보면, 1행 "나는 당신을 접을 수도 펼 수도 입맞춤할 수" 있는지 없는지 모호하다. 그다음 행과 이어지는 사건의 시간적인 흐름상 모순과 충돌현상이 일어난다.

그러나 이 모순과 충돌이 빚어지는 시적 재미와 연결성은 상당히 풍부하여 다양하게 펼쳐진다. 1행의 애매함이 주는 미수행위가 2행의 '언제나 어디에서나'로 귀결되면서 3행의 나의 고독으로 모인다. 이 모든 행위는 '주머니 속에 당신을 넣고 걷는 오후'라는 시간대로 보면, 오후가 주는 특유의 권태로움과 함께 첫사랑을 지나 애증이 어느 정도 숙성하여 이해의 폭이 확장된 공간이다. 2행의 '언제나 어디에서나'가 1연의 허브 역할뿐만 아니라, 이 시 전체를 관류하는 물줄기이다. 이 시 끝에 나오는 '네'와 그 위의 '네'는 서로가 사랑에 관하여 항거하지 않는 포용과 신뢰의 기표이다.

눈여겨볼 1연 2행의 '언제나 어디에서나'의 구절은 김소월의 「자나 깨나 앉으나 서나」와 연대하면서도, 소월이 노래한 "우리는 얼마나 많은 세월을/ 쓸데없는 괴로움으로만 보"낸 것을, 극복하려는 사랑에 관한 믿음과 신뢰를 바탕으로 한다. 또한, "오늘도 또다시, 당신의 가슴속, 속모를 곳을/ 울면서 나는 휘저어버리고 떠"나는 소월의 노래를 넘어서, 사랑하는 당신을 속 깊은 주머니 속에 넣고, 마음껏 당신을 사랑하고, 한때는 많이 울었지만, 이제 울다가 남은 건 웃음이라고, 다짐하면서, 이제 이별과는 헤어질 결심을 하고, 오로지 당신과 함께 할 것을 가슴으로 노래한다.

이 시는 사랑의 대상에 관한 더없는 사랑의 확신이면서, 지극한 연애시로 볼 수도 있지만, 어쩌면 오욕칠정을 관통한 한 소식 한 각자의 노래라고 불러도 무방할 것이다.

> 출국 인천공항으로 향하는 차창 가에 비가 내린다 입국, 케네디공항 활주로도 비에 젖어 축축 하다 비벼서 따뜻하고 부벼대서 아팠던 가슴과 눈이 얻어낸 방문의 마지막 언어는 눈물이었다 언제 다시 기약이 없다 눈물을 잘 펴서 말리면 약이 될 거라고 뼈가 되고 살이 될 거라고 다독이며 구슬리며 깊은 외투 속에 찔러 넣은 디아스포라의 눈물 처방전 홀연히 빠져나오는 공항의 긴 복도 뾰족 울음 구두 소리만 또각또각
>
> －「디아스포라의 눈물 처방전」 전문

곽애리는 재미교포 시인이다. 그는 공간적으로 디아스포라이면서 그의 글쓰기는 디아스포라 문학이라고 할 수 있지만, 펜더믹 과정에서 필자가 생각하는 건, 재외한인문학이 주변의 변방이 아니고 수평적으로 함께 진행되고 있다는 점이다. 오히려 모국의 문학과 회통하면서 현지 문학이 가진 관성적인 헤게모니에 대한 도전과 극복이 재외한인문학의 마이너리티로서의 궁극의 지향점이 되어야 할 것이다.

펜더믹 동안 재외문인들과 소통은 평소에도 그랬지만,

전자매체와 통신을 통하여 충분히 소통했다는 점이다. 공간적인 이동이나 실재한 거리의 공간도 존재하지만, 줌이나 영상을 통한 화상 미팅은 공간적인 거리감을 확 좁혀주었다. 그러니까 우리가 어디에 있든지 소통하는 데는 별문제가 없다는 뜻이다. 펜더믹 기간 우리는 국내인끼리도 만날 수 없는 상황에서 약간의 아쉬운 입체감은 있으나, 소통에는 부족함이 없었다는 게 필자만의 생각일까.

시 「디아스포라의 눈물 처방전」은 디아스포라의 비애와 쓸쓸함이 묻어있지만, 이를 극복하려는 화자의 의지가 돋보인다. "방문의 마지막 언어는 눈물이었"지만 눈물마저 "잘 펴서 말리면 약이 될" 것이고, "뼈가 되고 살이 될" 것이라는 전화위복轉禍爲福의 강력한 의지를 보여준다. 이것이 '디아스포라의 눈물 처방전'인데, 공항의 복도를 걸으면서 뾰족구두 울음소리를 듣는다. 눈물을 보내면서 마지막으로 발끝을 통해서 눈물이 빠져나가는 모습이다. 화자 스스로 '디아스포라 증후군'을 극복하는 모습이 뾰족 울음으로 들린다.

나가는 글

곽애리의 시안詩眼은 측은지심과 연민으로 대상들을 감

싸면서 그들을 대신하여 울어주는 곡비哭婢로서 충실할 뿐만 아니라, 다채로운 낭만의 노래와 디아스포라로서 유목의 몸시를 유감없이 보여주고 있다. 또한, "울음조차 멍이" 되어 "정지된 숨소리"는 온몸이 지상에서 허공으로 산화하더라도, 끝까지 존재할 수밖에 없는 영혼의 결정체로 남을 거라는 사랑의 신념으로, 다시 육체를 얻어서 '몸시'로 결집한다.

곽애리의 시편들은 낭만적인 노래로 대상들을 감각화하여 무정물에서 유정물로 전이하는 특별한 개성으로 시의 정신과 육체를 한몸으로 이룬다. 그가 포섭하는 변화무쌍한 대상들은 감각의 향연으로 꽃을 피우다가, 죽음을 견지하고 죽음에서 삶을 건져내는 광대무변한 포용심과 생명존중의 깨달음으로 귀결하는 특징이 있다.

좀 더 과장하자면, 그가 의도하든 하지 않든 간에 그가 노래할 때마다, 오도송의 노래를 듣는 느낌은 지울 수 없을 듯하다. 그 여정으로 가는 길은, 길 없는 길이지만, 낭만적인 노래와 활달한 춤으로써, 뭇 생명을 사랑하는 마음으로 몸시를 응집하여, 그 길을 열어갈 거라고 믿는다.

그러므로 곽애리가 감각하는 대상들의 현실계와 상상계까지 스며들어 노래하는 곡비로서뿐만 아니라, 정처없이 떠도는 작은 영혼들까지 사랑하고 사랑했던 그 속절 없는 흔적들의, 다음 시집을 기대하면서 축복한다.